文地作品

收工都有序

是的，收工當然有先後次序：
Boss 未走，你敢走？
高層未走，你敢走？
Team Leader 未走，你敢走？

不知打從何時開始，準時收工好似係死罪，係大忌，要有罪疚感，要 sorry，尤其所有同事都喺度扮工開 OT（唔排除有認真工作者存在），你準時走就係異類、叛徒，會俾人反白眼。

明明夠鐘就收工係正常嘅，
明明今日的事今日做好係正常嘅，
明明做好今日嘅事就收工係正常嘅。
一班熱愛返工 L 搞亂晒個正常運作，
有人今日做埋明日後日大後日的事，
有人以公司為家向高層表忠，以開 OT 表示勤奮賣命，其實成個下晝都集中火力喺位碌電話網購打機像劇！

好喇好喇，

當你OT遲遲未收工，BOSS會吠：

乜手腳咁慢，冇嚟效率！

當你好有效率搞掂晒準備收工，BOSS又吠：

睇嚟你都唔係好多嘢做嗜！

我做乜要咁委屈！

做好當日嘅嘢，就執袋走人，返工不是全部，

人生正在倒數，你哋一個二個咪阻我收工，

夠鐘我就彈開㗎喇！

（一路OT一路喺個腦狂Loop ππ）

祝各位有天能排除萬難，無視別人奇異目光，

準時收工，真正的準時間，

而不是準時走但拎晒啲嘢返屋企繼續開工！

文地 2025年 熱

Chapter 1
X！即係收唔到工啦！

咪玩啦 008
無限召喚 009
你腦霧 010
死唔出手 011
呢個自動感應功能 012
搭嘴獸 013
我都冇電喇！ 014
怨念王 015
記得啲乜 016
打劫 017
快，快，快！ 018
斷片 019
關於電話 020
Loading...... 021
嚟緊 022
慢半拍 023
轉個彎就到 024
零表情 025
遊花園 026
怪物 027
振興外地經濟 028
好怕一啲聲 029
重要嘅事要講到末日 030
Loop 完未？ 031
掛？唔掛？ 032
醫肚㗎？ 033
失魂記 034
邊個話事㗎？ 035
入粒 036
大師級 037
四年後見！ 038
掃興王 039

Chapter 2
X！老馮OT㗎？

錯亂時代 042
甩甩漏漏 043
差異常存 044
開工大吉呀！ 045
認人 046
真面目 047
想一齊飛都唔易 048
量力而為 049
真面目 050
罩之謎 051
係要爭嘅 052
轉個頭就 053
面色影響大局 054
太陽的休假 055
一返工就 056
消化不良的午飯 057
擾民 058
行唔行㗎？ 059
一早叫咗你 060
答非所問 061
表面嘅嘢 062
噴血 063
八婆 064
自己受啦！ 065
投訴你個投訴 066
好鬼熱 067
失禮 068
嚇死 ...... 自己 069
熱到發火 070
真係咁 urgent ？ 071
你個急就最急嘅 072
你哋個急就最急嘅 073
真係多謝晒 074
又塞，That Sucks! 075
好手尾 076
借定攞 077
食你個飯 078
煩死同事系列 079
四季已死 080
Lunch 不似預期 081
你贏 082
我唔笑㗎 083
一枱都係 084
當架車無啦啦 dup 一 dup...... 085
你想係 086
唔明 087

Chapter 3

X！係夠鐘返屋企OT咋！

睇下邊個頂唔住 090
天生 NICE 樣 091
駛唔駛呀？ 092
能者 093
硬食啦！ 094
利是嘅嘢 095
大吉利是 096
奇妙的堅持 097
個會開咁耐有原因 098
戰友 之 物以類聚 099
死忙之旅 100
關你事咩 101
突破人牆 102
喪屍 103
天才 104
心急人上 105
落雨二三事 106
瞓多陣即係幾耐？ 107
不能辭職的理由 108
我要走 109
畀我唞下啦！ 110
當 BOSS 太得閒 111
靠估 112
感嘆號感嘆號 113
語音輸入成癮 114
個病叫返工令人病 115
點搵啫！！！ 116
有幾早呀？ 117
狠 leave 118
留定走？ 119
講吓啫！ 120
夏日之苦 121
八婆何其多 122
唔做能者！ 123
老闆你玩嘢 124
改個好名 125
慘過撞名 126
樣樣免費好冇 127
豪邁 128
愈咬愈起勁 129
隊咁近做乜 130
對付蚊型字 131
堅毅的信念 132
Artist 133
對人唔對事 134
重組句子 135
係你唔啱 136
聖誕廢物 137
老闆大掃除 138
loop 夠未 139
聖誕快樂 140
新希望 141

Chapter 4

X！放個工嗜，有罪咩？

超強肌肉記憶 144
歲月 145
避年高手 146
肉眼無法判斷 147
要人 148
人面唔識別 149
唔係 定 係呀？ 150
咁難明咩？ 151
扮聾 152
你係 ......? 153
I 人來吧 154
聽到一舊雲 155
唔駛講啦 156

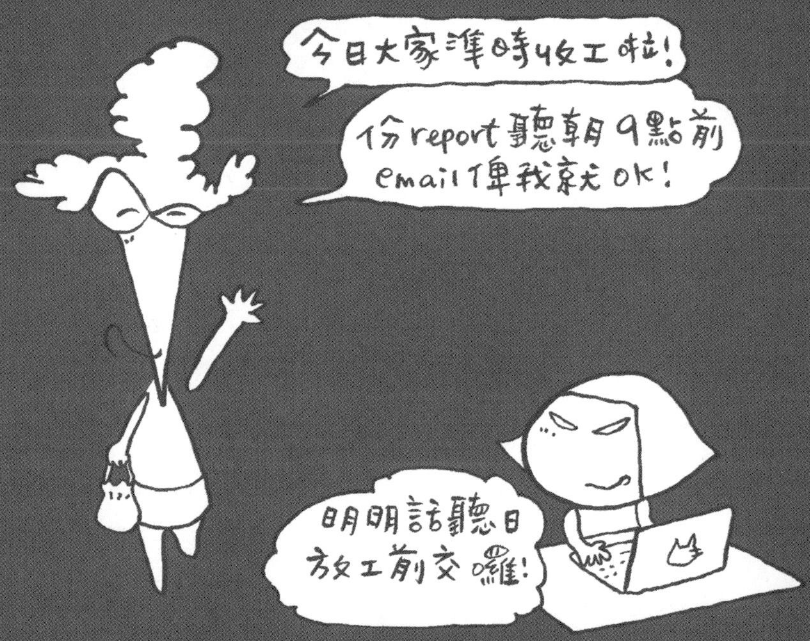
今日大家準時收工啦！
份report聽朝9點前email俾我就OK！
明明話聽日放工前交囉！

X！即係收唔到工啦！

咪玩啦

請盡快致電。
Thanks & Regards,
Joe

咁你唔留個電話
我call係乜呀？

公司電話：
32××××××

啊，終於肯
畀公司
電話

全日都
冇人聽！

終於

Hello～

Sorry呀，
我全日出咗去
做嘢，啱啱返
公司，但忙緊～不如
聽朝你call我手提
9123××××！

翌日
Joe？
打錯喎！
不如，
你得閒先打
畀我啦
Joe哥！

叫我 call 你，又唔留電話；畀公司電話我，又冇人聽；
叫我打你手提，number 又錯嘅；想點呀？

無限召喚

你入一入嚟吖!
我忙緊呀Boss
你再入嚟望望個layout
係
諗諗下都係改一改，你入嚟傾傾
畀我做埋啲嘢好冇?!
喂，你份嘢仲未搞掂咩?

聽到「你入一入嚟」呢句就慌，有排講；
出返嚟櫈都未坐暖就立即追我交嘢，你覺得我識分身㗎喎！

你腦霧？
又話加圖？
冇加喎？？
自從中招好返後，好冇記性，一定係腦霧！
你仲未交report
唉，腦霧影響我……
我…即係呢……
當時……咁呢……
你嗡乜呀？
？
好似唔識表達咁……
一定係腦霧！
opps, sorry呀！
我又又又寫錯晒個流程……
又腦霧！
又老母……要改幾多次呀！！！

成年人做嘢硬係一堆藉口

死唔出手

道門
壞咗咩?

妖!

踢夠未呀?

鬥唔好開嚟!

開啦!!

搞乜
唔開門?

死都唔
出手㗎
喇!!

等人開門立即㩒入去 …… 用腳踢道門 ……
仲有企喺度等人開門 …… 真係各方武林高手在民間

呢個自動感應功能……

PR
3
2M
2
1
自動感應
乜層層停又冇人出㗎……
咪你囉，隻手一嘢掃晒咁多層咩，仲問
又層層停……
呢個要搉㗎，等乜呀？

個自動感應功能好敏感，好易就焫著晒全部樓層，
我見到層層都著晒燈，我個人都著晒！

搭嘴獸

呢隻coffee正呀!
係喎，不過喺××買平啲的……
呢隻貓罐呀～
呢隻還好呀，我啲貓食嗰隻仲好……
一係去ABC食串燒？
ABC？麻麻咋，有冇去過DEF串燒店，我上星期同朋友去Blah Blah Blah….
又嚟?!
去staycation好玩？×Hotel點呀？
都OK呀，而且….
噫？我上個月都去咗呢間喎…
不過我覺得東京嗰間正好多呀！好想飛返半年先返～我仲睇中咗個㗎，勁減喎，send條link你睇。好多嘢都有discount…… Blah Blah Blah～
飛啦～一去不返please

咩都有佢份，行過路過唔好錯過，
仲要講講下畀佢帶風向去咗第二度……

我都冇電喇！

咦？咩事咩事？熄機？
燈都冇埋？
停電喎？
我哋單位嘅電出現咗問題，搶修緊！
又冇冷氣大家都辛苦，
收工啦！
返屋企做埋今日要交嘅嘢！
5點個會照舊，
see you online!
頭先份嘢未save……

你以為可以收早咩？
歸家 OT 啦 baby ！

怨念王

唉
唉~
唉
唉
唉
唉
Friday呀，一齊食好嘢吖?!
唉~我呢啲窮鬼邊有錢~
總公司有周年大抽獎呀!
唉~實冇我份!
大家Fighting!!!
唉~個客實唔收貨!
記住買六合彩，X千萬金多寶呀!
唉~我邊有咁好彩吖!
唉~
嘩~怕咗你!

唉到人心都煩晒！
如果相信吸引力法則，成日唉聲嘆氣，咩好運都怕咗你！

記得啲乜

乜都要記
乜都唔記得
死唔死

坐咁耐……記得去廁所呀
係

記住唔好蹺翻腳呀!
係

記住飲水呀!
係!

記得放工前畀個Draft我呀!
係!

蹺翻腳
交Draft → BOSS
飲水!
記得去廁所!!!
28/7 請假
記住放工!

乜都要記，乜都唔記得；
掛住做做做，連放工都唔記得

打劫

兩餸飯
排隊
嘩，啲茄子好靚喎！
咁多斑塊嘅，請塊我吖？
你唔食菇喎，我幫你，唔好嘥！
你都食唔晒啦，整幾條嚟吖！
買個白飯返嚟，就有4餸，勁吖！

喺兩餸飯裡面搶餸＝乞衣兜裡面搶飯食

快，快，快！

搞掂!!
咁快?
Finished!
係咪開會順埋份嘢?
今日要早走，Bye!!
睇concert就做得咁快!

工作效率係需要一啲推動力嘅！

斷片

頂住!!

There is another na;;peakjsefmn ka/////e;lekf

放工喇喂～
咦？我幾時
瞓著咗㗎？？

幾時瞓著㗎？幾時瞓著㗎？幾時瞓著㗎？

關於電話

Busy Busy....

打嚟之前，msg我睇吓我得唔得閒嘛......
冇手接呀！

所有嘢同一時間嚟㗎....

non-stop嘅msg仲要錄音，不如直接打嚟講啦！！

有時又想人哋 send msg 唔好直接打嚟，
有時又想人哋唔好 msg 直接打嚟～

LOADING......

冬菇頭你負責嘅喎，我個idea覺得點？
如果改為xxx，係咪好啲？right？
我覺得OK喎！！！
如果加埋xxx，你覺得呢？
不如食個lunch先啦？
佢今日終極腦閉塞喎！
靈魂仲係張床！
是日餐
特餐
menu

一日大部份時間係處於 Loading...... 狀態

嚟緊

嚟緊，上咗的士喇！
等你幾耐呀?!
返緊嚟喎，叫我哋開住先！
佢返到嚟都開完會啦！
?
佢好忙喎，嚟緊喇喎！
嚟到就完場!!
之前忙緊啲嘢，嚟緊，食住等！
唔等喇，叫佢咪嚟呀！
好餓～

佢係地球上最忙嘅人，你做住先整住先食住先飲住先，
佢嚟緊！

慢半拍

佢喺BOSS個房度……
放屁，至勁響，至勁臭!!
頂！HAHAHA HAHA....
3分鐘後……
仲笑緊？
係啱啱先開始笑
放屁…. HA HA HA HA HE HE HE HE
條友成日自己笑……
佢係需要多啲時間去消化啲笑料
KA KA KA KA KA KA KA KA KA KA

慢半拍嘅朋友，人哋講完笑話笑完喇，突然聽到佢笑，嚇一嚇，
問佢無啦啦笑乜，佢話笑緊頭先個笑話～

轉個彎就到

叫嘢食啦，食住等喎，佢轉個彎泊埋車到喎！
留定啲嘢食畀佢啦！
留隻帶子嚟啦
好香呀
呀，留碗湯畀條友仔啦！
話時話，佢個彎轉咗去邊？咁耐都未到？
佢話突然有急事嚟唔到喎……

個彎轉咗出宇宙

零表情

今次再轉咗啲colour，配合返你哋個theme，覺得點？
有三個唔同嘅layout
加咗你之前想要嘅圖……
我返去再同同事傾傾先！
……
見咗咁多次，都唔識睇吓個客嘅嘴臉同面色咩？
戴住個口罩，莫講話表情，差啲連講嘢都聽唔清呀～
!!

慢慢失去閱讀表情嘅能力……
唔係唔識睇，係睇唔到！

遊花園

個layout好靚！
多謝！咁我哋定埋Final confirm嘅時間…
話時話，你條裙好靚，喺邊度買？我上次……
即係幾時final啫
個quotation OK？
啱啱睇咗喇！不過尋日個女中咗招，搞到我一頭煙，你公司多唔多人中？你呢？有冇中？…
我中過喇！咁，個quotation OK嘛？
叫XX外賣，食乜？
食乜好？呢排冇乜胃口，啲褲鬆咗，係咪瘦咗？你覺唔覺呀？
咁即係食定唔食呀？
Boss，下個月X號想請假做Body check…
係喎，我都想check，你邊間check？上次我check嗰間麻麻哋…
即係畀唔畀我check呀？

講重點 please ！

怪物

Boss嘅order
BOSS眼中嘅你
過去傾埋份約
順便見A客傾project A
開會傾吓個event
交report
仲有proposal
呀，個預算出埋啦！
全部今日day end交
攞sample呀，柴灣
site visit，屯門啫
返嚟順手買咖啡，仲有我個囡本exercise

BOSS 一向認為大家有三頭六臂

振興外地經濟
Boss，月尾我想請幾日假……
呢排咁多job……做咩？去旅行呀？
hmm....
下個月想請假去個trip……
咁忙嘅時間，咁樣放人對其他人唔Fair…
Boss……
暫時唔好請假住！
TICKET
Boss，月尾我想請……
想請假？成班作反一齊去旅行呀？
吓？
幾日後Boss唔見影……
你去咗旅行？？
食壽司梗係去日本！

BOSS 先行一步。
你哋啲假？係唔批住呀，吹咩！

好怕一啲聲

拍夠未呀？
打咩拍子呀？
Zip~ Zip~ Zip Zip zip
唔好再啜啲牙好冇？？
JAP JAP JAP~ JAP~ JAP~
合埋把口啦
呀~~
噢，sor.....
唧~~

有啲聲，係會令人煩躁或毛管戙！

重要嘅事要講到末日

你知嘛，今朝好激氣呀！有條友迫我讓座呀……
今朝畀條友迫我讓座，明明佢都年青力壯….
哦～
今朝呀，我激到噴火…
我仲激過呀，今朝搭車….
今朝不知幾激心…
搭巴士囉，激到我彈起e，條啨靚仔竟然叫我….
He'p!

重要嘅事都係講三次啫，仲要係對佢自己重要咋，
係咁迫人聽，煩死！

Loop完未？

我中咗……
我中埋…
到我……
係呀，同事喺屋企休息幾日，啲嘢我幫手…
之前，個個輪流中，
做到死死下……
BOSS聽日返，我就聽日飛！
我下星期飛，好多假要清呀！
我下月中都飛轉日本！
而家，個個輪流飛，
又做到死死下……

係呢，幾時輪到你？

掛？唔掛？

下晝1點40分或之前 掛8號風球，即係……
即係食完早餐，屙埋篤屎，坐多陣就走得！
8號維持至6pm喎，咁你開夜，要準備開工！
△8西北
又話維持至深夜2點呀，你又唔駛返工喇！玩鬼你！
早上5點前維持……會唔會又改呢？
真係成晚冇覺好瞓！
嗱，唔駛返公司又點？咪一樣要WFH！你覺得BOSS會放過我哋咩？

個風球自己都 OT 至凌晨五點幾，辛苦晒！

醫肚啫？

Lunch
又食乜好呢？
我諗好！
葱油豬扒飯！
又 Lunch
噚日食咗A餐，今日不如食B……
我OK喇！
葱油豬扒飯！
又 Lunch
點解又嚟呢間？唉，今日食乜好呀？
呢間有位呀！
照舊？
係，葱油豬扒飯呀！
日日食同一樣嘢，唔悶咩？
日日煩要食乜，十五十六咁，唔辛苦咩？

你係邊種？

失魂記

擺咗喺邊呀？
搵乜？
眼鏡囉，
趕住出去呀！
前一晚
12B
第二朝
條鎖匙呢？？
電話呢？
又要返轉頭…
咦？
唉呀，我好似漏咗把遮
喺度呀！

魂不附體常出現

邊個話事啫？

K姐
今次用條片宣傳，你搞掂就畀阿jack，佢會跟！
OK!
之前畀阿mag跟，唔通走咗？阿jack....
Jack
唔用video，用插畫啦！
但K姐上次......
佢話我決定！
OK!
係咪㗎？
K姐
點解唔係用video？
Jack話......
我覺得用返video好啲！
你哋溝通好先啦喂！
MARY姐
Hello，K姐放大假，而家由我follow，我認為啲片個效果麻麻，不如我哋再傾下有冇新嘅idea？
啲片係你哋畀我㗎喎～

究竟邊個話得事呀？叫佢出嚟見我！

入𨋢

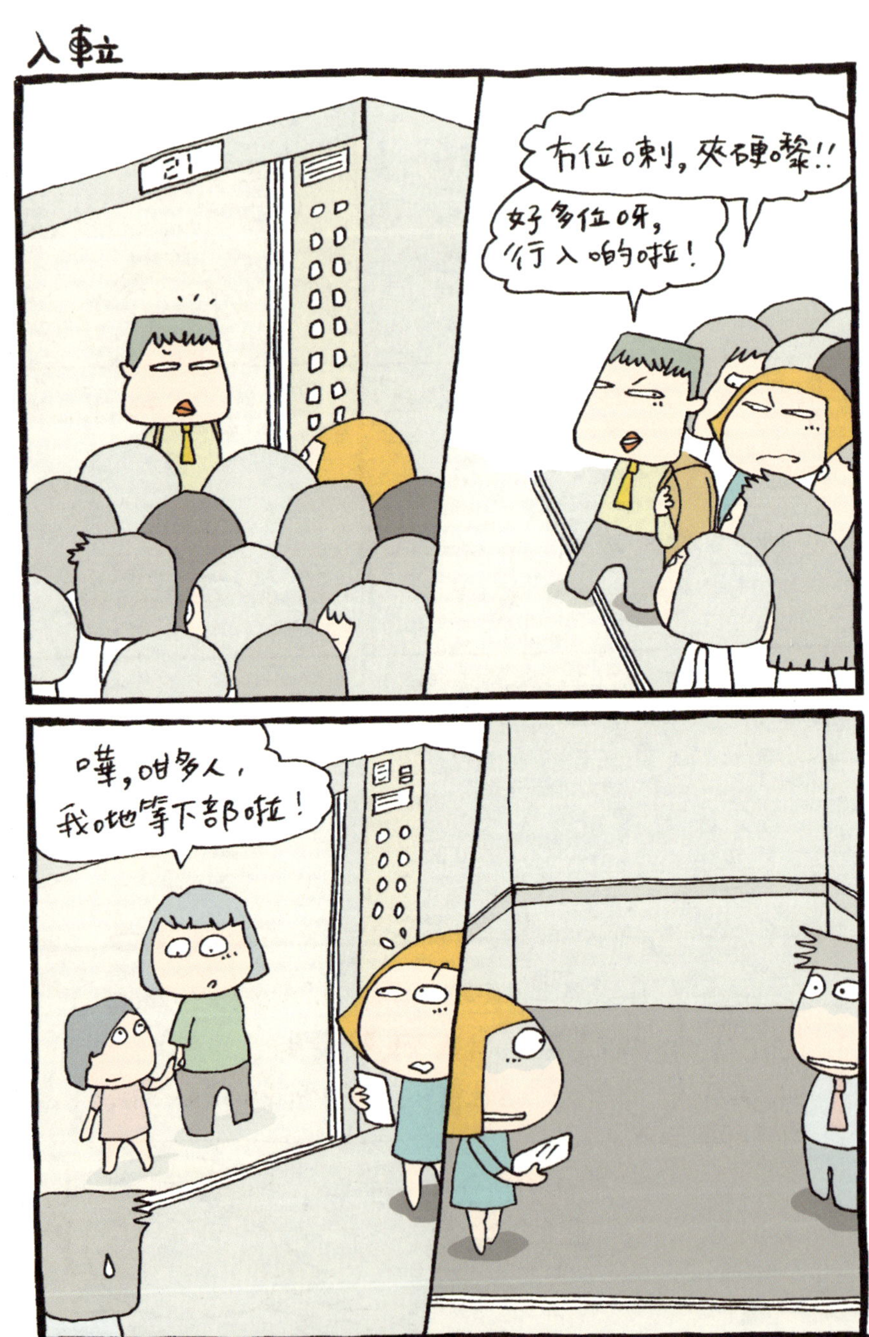

好多位呀，行入啲啦！
冇位喇，夾硬嚟!!
嘩，咁多人，我哋等下部啦！

好多人，你係要迫入嚟；
冇乜人，你又話迫唔入嚟……

大師級

呢個email嘅
subject咁……長嘅？
Sandra L
Junk mail
嚟架？
THANKS!
Sandra L
to Mushroom Head
Best Regards,
Sandra L
Reply
Forward
將所有內容寫晒喺
Subject度，係
咩玩法？？
THANKS!
Sandra L
to Mushroom Head
Best Regards,
Sandra L

Email 嘅 Subject 一大抽字，內容就空白，做咩呢？

四年後見！
1
2
3
!
4
你咁精神喎先？
我都唔睇波嘅，一早就去瞓！
咦波士，你冇捧你嘅隊C呀？個樣仲咁精神，堅力！
我十點已經眼瞓，咪瞓一個鐘起身睇囉……點知一擘大眼已經六點

一到世界杯就一街熊貓。
校定 alarm 半夜起身睇波，點知扎醒時 12 碼都射完了！

掃興王
嘩，牛肋骨正呀！
嘩，咁肥㗎！
有甜品，正呀！！
太甜喇！
正！有火雞應節！
好"鞋"咁！
pasta好好咁喎！
噫，咁鬼油！
cheers！
我唔飲酒㗎！
咁你去飲水！順手換水，個水機冇水！

佢個人都好夠率直嘅！

12
1
2
3
4
5
6
7
8
9
10
11

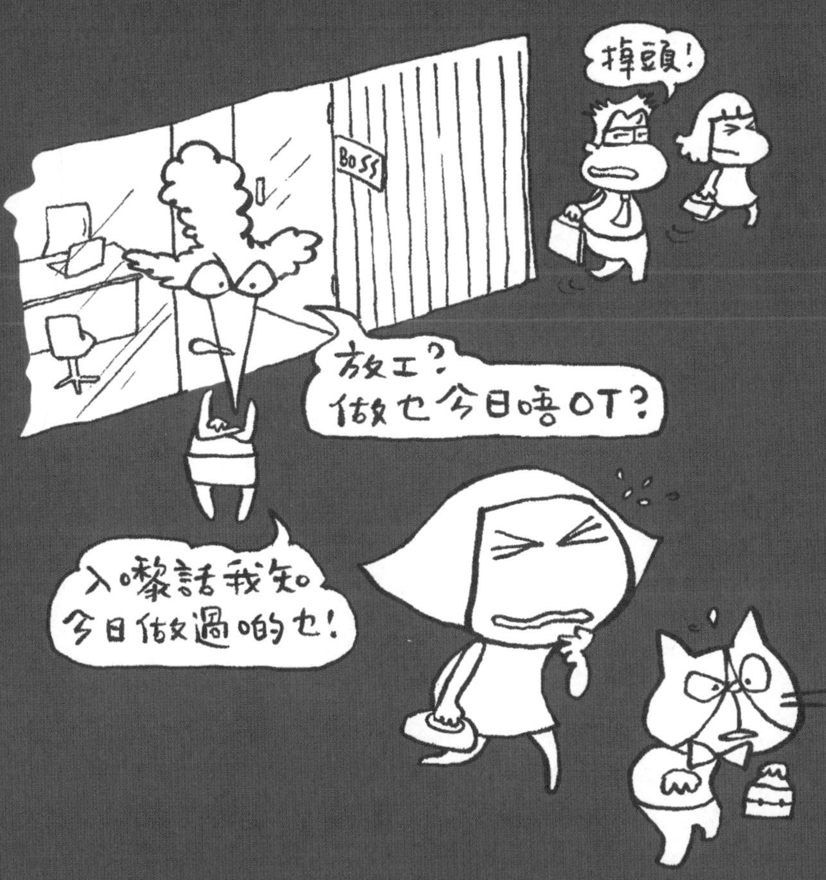
揼頭!
放工？
做乜今日唔OT？
入嚟話我知
今日做過啲乜！

X！老馮OT㗎？

錯亂時代

仲2024年？
呀～Sorry……
呢排成日
打錯！
7號係星期六呀阿姐！
咩呀，星期三喎！
你個月曆
係舊年㗎！
快啲換新一年
嘅chok嘢貓月曆
啦！！
2024
慢慢啦，2025年2月先交！
而家咪2025囉！！
呀呀呀，
成日以為
仲係
2024！
呢單嘢係上年㗎！
唔係啦！2022㗎！
仲WFH緊㗎！
2021年尾呀，我個時
減緊肥添！
呢幾年亂到……
啲時間…冇晒concept！

呢幾年啲事件搞到亂晒，好似完全唔記得係邊一年發生咁。

甩甩漏漏

電話就少咗個number，email address就錯嘅，點contact你呀？
咦？同一個客落咗10次單……係咪真㗎？
送貨去XY大廈……唉……咁邊座咩單位先得㗎？成幢你住咩？
冇order number冇名冇電話就咁揼張入數紙嚟……
我實知你邊位啦！
波士呀，我頂呢個位頂到幾時？就快頂唔順喇我！
幫幫手啦，新年前係辛苦啲！

處理訂單從來唔係一件輕鬆嘅事！！

差異常存

升職加薪
Hea得好搵得到
準時收工
爆數
食極唔肥
小人敗退
不勞而獲
我都準備咗啲揮春畀你哋呀!
公司是我家
長做長有
多勞多得
任勞任怨

打工仔當然想不勞而獲嘅，hea 住賺就好啦，哈！
波士，祝你生意興隆！

開工大吉呀！

Hello 鄰居，開工大吉呀！
TOWER ONE
A
B
我地一早開咗工啦！
初二開工大吉！
放心，公司好好，會補番假畀大家！
初二開工……
亜乜水就好，去咗旅行
玩嘢！
公司補假應該㗎～
大好假期喺中間斬一半
嘩，我個補假補到去2月尾
搞錯，補星期三，還我星期一，星期一呀！

就算有得補假，又有邊個想放緊年假中途返工啫！

認人

新年快樂
呢個姐姐畀咗未呢?
呢個叔叔派咗未呢……
恭喜發財!
都唔鬼記得派咗未……
利利是是!
多謝呀，但係今朝畀咗我喇!
戴晒口罩，認人難度升級!

普通同事戴口罩都唔認得啦，更莫講話著制服戴口罩嘅實焦，實認得啦！

真面目

兩年前
隔離team新同事喎！
早晨！
早晨！
新同事叫……
好似叫Jan！
新同事Kylie呀！
佢同嗰個Jan個style咁似嘅…
上星期
Jan同Kylie都Last Day咗喎。
其實我都唔知邊個打邊個……
好似Jan同Kylie?
唔sure啊！其實兩年嚟好似都未見過佢哋個「真樣」嘅～

戴口罩幾年，有啲唔太熟嘅同事由入職到辭職，
從未見過佢嘅真面目。

想一齊飛都唔易

不如一齊去個旅行唞啖氣!
今個月有啲趕…
3月?
3月BOSS話有單大野,大家盡量唔好請假
4月復活節好多人…
4月有親戚回港,叫我哋唔好飛住
5月我都有親友返嚟,之後我飛日本呀!
咁6月?
但6月中有家人移民,都有幾個朋友走,好多gathering!
6月尾我哋有公司training…
7月都有幾個Friend返嚟香港,要見吓
me too!
究竟幾時先約到?

人生時間表會唔會太爆

量力而為

我搞！
等我嚟！
咁有信心？
我…
我做！！
啲嘢遲晒大到……你搞乜咪？！
係咪要幫手呢？
個幾壇嘢，明明係你好耍家㗎喎！
佢要搶住做，我又何必爭？

想表現自己，都要睇下自己做唔做得嚟！

真面目

Lunch後……
練下啲表情先……
齊人就開始嘞!
今次我呢個idea真心冇得頂…
…有咩咁好笑呀?
×!唔記得冇咗罩添……

除罩喇，咪亂咁嘴藐藐喇！

罩之謎

你噚日冇戴罩㗎?

今朝遲咗起身，
唔夠時
間化妝
……

你都係戴
返個罩……

點解
呢先?

靚好多!!!

XYZ你吖!

佢都係戴返好啲!

日日西口西面，
好惡頂!!

原來呢位同事
係咁嘅樣

佢嚟咗兩年，
今日第一次見全相…

我唔信佢就
係Jeanie，
我唔信!!

有時個罩只係用嚟掩飾啫～

係要爭嘅

我想5月頭飛，Boss叫我同你夾下，唔好兩個人一齊消失！
我target 4月尾出發！
我都想5月頭飛喎！！
而家我唔係約你一齊去喎！
你5月中得嘛？
男友未必請到假……
咁你想點？
hmm……男友話月頭OK……
咁你放月頭我放月中，就咁！
OK！
5月頭
你唔係呢幾日飛咩？
opps，我銷咗假啊，延遲咗，5月頭飛唔到！
!!

係要爭，爭到最後又唔玩，即係玩嘢啦？

轉個頭就……
HOME
肚餓，煮個麵先！
嘩，洗咗啲碗先！
順手清潔埋啦！！
!
係喎，我明明係入去煮麵㗎！
OFFICE
你噚日又話幫我check....
開機即刻check！
email多到呢！
嘩，乜咁大單意外呀？？
Hi！
OPPS！

明明要做 A, 唔知點解會做咗 B、C、D，最後 A 冇咗回事！

面色影響大局

早上
寫得幾好！
進度唔錯！
OK! Go ahead!
做得好！繼續努力！
大家呢排辛苦喇！早啲出去lunch開心下！

LUNCH後
似乎Lunch要吃啲刺激....
講幾句就懶散落嚟，唔駛做呀？
係咪冇帶腦返工？
專心啲呀喵！
進度太慢喇！
可能lunch M到...
未停經咩？唉，今晚都唔知幾點走得......

睇老闆面色，就知嗰日駛唔駛 OT

太陽的休假

放咁多日假
落足咁多日雨…
一返工就出太陽！
太陽都放咗個長假先返嚟！
不如星期六去picnic吖？
好呀！叫埋肥仔同事貓同事吖！
天氣預報，星期六天陰有雨！
你扮星期日去吖，咁星期六可能好天！

放假落雨，返工就出太陽，天氣一向不似預期

一返工就……
今日完全冇心機
冇精神做嘢
我咪又係
唔通因為Friday？
我日日都係咁喎
快啲放工啦！
第一時間飛返屋企死睡！
me 2
me 3
me 456
因為提早滅蟲，
大家今日可以
早一個鐘走……
打邊爐？
Happy hour先啦！
不如上我屋企
打返4圈？

返工為咗咩？為咗放工囉！

消化不良的午飯

025

排多幾間咯……

049

等咁鬼耐……

快啲喇，得十幾分鐘食！

最衰啲嘢食嚟得咁慢！

陣間仲要等部龜速較！

叮！

叮飯都排晒大隊！！

咁～放工延遲1個鐘囉！！

爭取Lunch time多20分鐘

lunch time 係返工嘅苦惱之一，除咗諗唔到食乜，
就係周圍都要排隊等位，有時連帶飯返去叮都要排大隊，
等呀等，等呀等 ……

擾民

Blah Blah
Blah Blah ...
你哋過嚟
一齊聽吓！
咁咁咁，
呢麼咁
咁咁咁....
你杯咖啡...
飲完喇，
掉咗去啦！
今日記住
Blah Blah Blah...
唔好再篤
個mon喇!!!
Boss停手啦！

唔好再嚟我個位搞事啦，好冇？！

行唔行啫？

借借
唔該！
保重喇！
Take care!
Excuse me!!
好fun啵邊！
嗰邊呀！
停喺閘前
睇片係
咩意思？！

幾咁自我，完全唔覺得自己阻住人。

一早叫咗你......

個report搞掂未？
等等啦！
佢份工，識呼吸就做到！
喂，夾一夾個quotation呀！
Boss，我一早叫佢哋準備同你開個會...
一早叫你做好個report㗎啦...
quotation吖？一早叫你搞...
Boss今日要個project brief呀，咪一早同你講咗......
一早叫咗...
有幾早？
頭先第一次聽咋喎！
有時差！

平時懶過乜，老闆面前就做積極L；
佢份工，識呼吸＋得把口就做到！

答非所問

送豆漿或者柚子蜜。
要乜？
hmm,
要檸茶吖！
一係星期三，或者星期五……邊日？
OK, GOOD!
咁邊日嗜？
係呀，之前send咗兩個Draft畀你哋……
諗住揀邊個？
好呀～出吖，OK呀!!
叫～你～揀～一～個～呀～

係咪聽唔明？

表面嘅嘢......
激死人！
好嬲嬲呀!!!
搞乜呀？
呢排見你
啲post好
Happy㗎?!
我便秘係咪要
twitter講你知？
我同老公鬧交又要
share去group討論？
畀老闆鬧又要
share FB講
你知？
畀西客玩又要
出post話你知？
唉......出返個story
鬧爆Boss先！
唔係齋報
喜咩？

表面風光嘅嘢 ......

噴血

同你傾吓呢份嘢？
唔！
呢part好似冇咗重點
係！
咁你會點改？
我再改！
咁你會用咩方式present畀客？
特別嘅方式！
點特別？
同平時唔同！
點唔同法？
前所未見！
而家講！
要講幾詳細？

你同佢 msg 溝通可能會講多啲你知

八婆

點呢？我好忙呀……
你叻嘛，老細硬係畀晒啲嘢你做，其他人不知幾閒！
好似你咁閒？
蝦～唔知點解次次presentation都唔交畀你，真係睇唔過眼！
冬菇頭搶晒啲嘢嚟做，邀晒功～
你對眼都幾得閒，睇到咁多嘢！
陰功，又做埋啲濕碎嘢……
老細偏心隻冬菇偏到出晒面～
我最鍾意做濕星嘢㗎喇！
呢班友都唔啱傾嘅！
都唔知啶嘅，挑撥離間就死遠啲啦～

日日夜夜都掛住講是講非，但份工有對眼有把口就做到

自己受啦！

有規定㗎咩？
好心就著返條裙啦！
執好張枱啦！
咪畀我再見到成枱文件，垃圾崗呀？
手腳咁慢㗎？又打算OT到深夜？想claim的士津貼呀？
搞到一鑊泡！
唔係我㗎喎！
喂，咪咁過分喎！
唔理你啦！你執返喺pat屎！
BOSS，係我做㗎～
今次做得好好呀！
多謝BOSS，辛苦，但值得㗎！
做死人……
又要OT….
手腳咁慢㗎！
迫走咗個做嘢嘅，平時唔做嘢嘅人就試下claim的士津貼囉！

日日受呢種 PK 折磨，走咗反而有運行！

投訴你個投訴
點呀，新同事？
我想投訴，肥仔啲古龍水太濃喇，我頭好痛，專心唔到做嘢！
我想投訴佢成日講電話，好嘈，把聲又刺耳！
仲有貓同事不停食零食，啲膠袋「沙沙」聲，真係好騷擾！
CHIPS
今日又點呀？
佢啲打字聲嘈住我呀……可能佢啲指甲啦！
BOSS，我想投訴新同事呢個星期嘅所有投訴……

投訴嘅時間多過真正做嘢嘅時間

好鬼熱

出面勁熱！
睇得出～
好心你帶定多件衫啦！
出面真係熱死人！
呢度都聞到！
古龍水混合汗味，仲有陣陣臭狐味～
出一出去見客，格肋底濕晒，好在帶多件衫返嚟換喳！
有單urgent嘢，你出一出去幫我……
又出去？啱先吹返乾個身…
喺office要準備一個夏日衣櫃，放返幾套衫裙，好重要㗎！

夏日炎炎，有時聞到自己發出陣陣汗味，都有啲唔好意思！

失禮

有位呀!!
唔…唔駛喇!
有位喇!你坐啦喂!!!
邊個話事先?黐X線㗎??
有冇可樂?檸底吖!
真係好熱,叫佢哋開大啲冷氣先~
見客呀,去餐廳食飯咩!
走先喇!
殉呀!下次邊個帶佢去見客先?

有咁嘅同事喺隔離，真想搵窿捐！

嚇死……自己
自己一條友OT嘅晚上……
好急尿添!
算啦算啦，快啲做埋啲嘢快啲閃好過!
好似有啲光閃過
飛蚊症呀?
硬係覺得背脊陰陰涼……
冷氣太大咋?
光管無啦啦有聲嘅?
平時都有㗎，人少咗咪明顯啲囉!
嘩 嚇死人咩!!! 邊個打嚟呀??
lalala lala
printer無啦啦print嘢!!!!!
因為你啱啱撳咗 print 呀……

自己嚇自己先最驚。

熱到發火
改完未呀
CRAZY!
咪再打嚟呀!!
仲有幾多email要覆呀???
又點呀?
洗個面先，
入一入我房傾......
搞乜個個都更年期咁款?!

真正嘅熱到火都嚟！
少少嘢都火滾！

真係咁 urgent？

blah blah blah blah～
叮叮
blah blah blah～ 真係咁 urgent？
落樓梯咪撳電話啦！
差一粒字都唔畀我打埋佢㗎！
食埋先睇啦！
叮叮
忍唔住……
開得會未呢？
好快！
答緊個客
OK！
等多陣！

電話一響／一震，就想即刻睇即刻覆；
大家都有強迫症～

你個急就最急㗎

開個小會啫，
打20次㗎？
個Event要xyz123嗎
果唔係會點？快覆我！
BOSS現在催我喇！
盡快話我知 pls
Sorry，頭先
我都仲typing緊
就打嚟！
係呀，好urgent！
但話deadline
係後日，我頭先
開會……
想快啲confirm
咗先……
2分鐘後打返畀佢
轉個頭就
冇人聽……
online㗎喎～
點呀？
今日要confirm
間廠喇？
一個鐘前
Send咗msg喇，
已讀不回
～

佢打鑼咁搵你，你聽唔切電話、覆唔切 msg 會死；
到你搵佢，佢唔聽電話，佢已讀不回。

你哋個急就最急嘅……

搞咗呢個先，urgent！
吓…
幫咗我先，好趕㗎！
吓…
Help！個客話放工前要！
吓…
urgent！超urgent！
吓…
解決 urgent 緊急掣
急急急……撳個掣啩？！
自己啲嘢都未KO，做晒你哋啲嘢先好冇？！
好呀！！！！

電個個都話急，我夠急咯，我急屎都未得閒屙～

真係多謝晒

OT辛苦喇！買咗啲宵夜慰勞下大家！
多謝波士！
咪開心住……
嘩，米芝蓮N星喎！正！
嘩，有半條春卷！
舊馬拉糕喺泥石流沖落嚟㗎？
半隻乾晒嘅鳳爪呀！
乜食剩咁多呀?!

喂呀，咪咁啦，都有五款咁多㗎！

又塞，That Sucks!

塞麥麵喎！

外賣單 木筷子
MEMO紙
都有？

做乜掉廁紙
喺度呀？

煙灰缸
咩.....

月經杯 護墊
M巾 包裝紙...
唔塞就怪啦！

唔係自己屋企，就乜都可以掉落去？係咁㗎咩？

好手尾

喂，邊個幫你執手尾呀？
轉頭啦！
咁咁咁，做麼要咁咁咁…
死，唔見咗份嘢！
喂！
唔記得咗嗻！
索性推佢張嘢出公司門口啦！

一時唔記得咗嗻……
我冇話唔執呀，等陣執嗻……

借定攞
我pack金宣虎memo呢??
我畫畀你睇!
枝筆呢?
又幾好寫!
還返畀你!
你幾時攞?等我以為唔見咗，買咗條新嘅!
我條scarf……又邊個攞咗?
借嚟披下之嘛……office好鬼凍呀!

公司啲嘢有翼㗎，成日不翼而飛。

食你個飯

我自己好怕啲人食到成口嘢，噴住啲嘢食講嘢！
仲有，食食下嘢用對筷子指指點點，勁冇禮貌！

煩死同事系列

我就搞part A同B，咁你呢？

錦鯉係條魚嚟㗎！

唔知佢搞乜…
到底發生咩事…

今天冬至
到底發生過什麼事～

你send畀我吖！

OK！

冬菇頭～
收～嘢～喇！
收嘢喇！！

大家都係公司一份子…

我想成為 分母～

夠喇！

其實返工咁煩咁悶，有好似肥仔同事呢啲人喺度，
可以平衡身心吖～～～～

四季已死

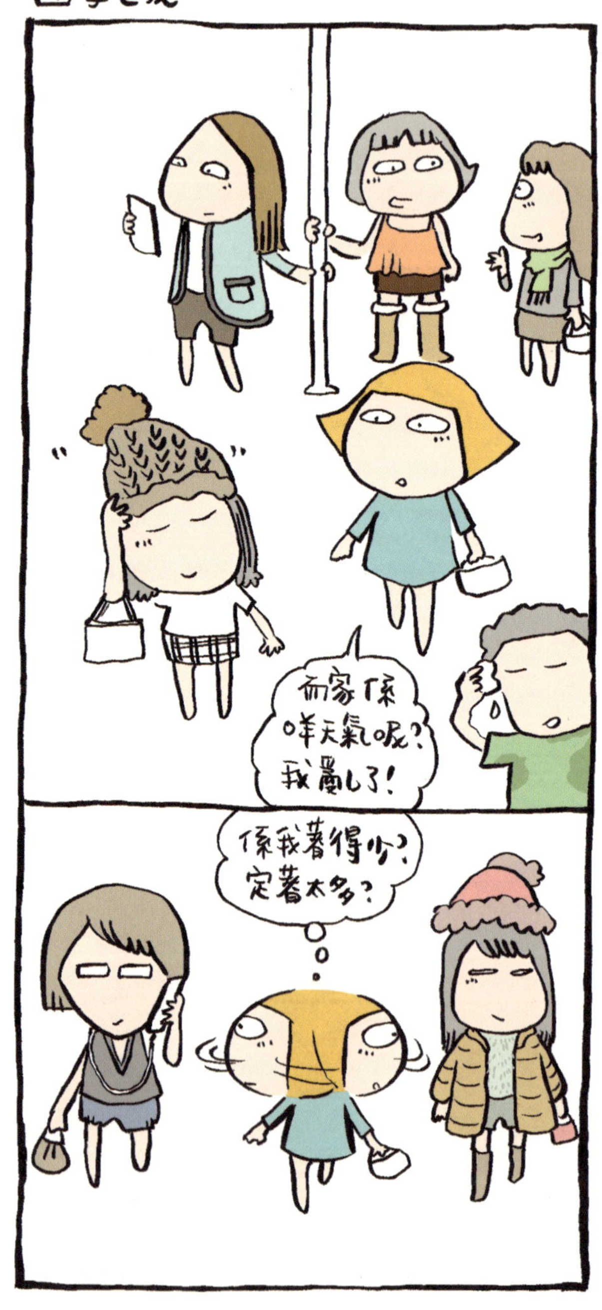

而家係
咩天氣呢？
我亂了！
係我著得少？
定著太多？

轉天氣，就會見到好多唔同季節嘅衣著。
例如夏天著羽絨～

Lunch不似人預期
15分鐘內食完！
然後zzzzzz
突然……
醒神喇！
緊急lunch meeting，
會議室集合！
right now！
發夢？

老闆最唔鍾意你哋咁歎，老闆鍾意擾民，
老闆最鍾意你不分早晚分分秒秒都喺度工作……

你贏
今日好黑仔，跌咗張信用咭
我都唔見咗嘢！唔見咗……返工嘅熱情！
我唔見咗職員証！
我唔見咗鎖匙呀！
冇人夠我慘…
點慘先？
You win!
我唔見咗電話呀!!
You win!

今時今日唔見咗電話比死更難受

我唔笑啫

唔好誤會，佢個樣生成就係咁。佢無啦啦笑，
你哋咪又會話：「佢痴咗呀？」

一枱都係

踏入12月，喺office除咗收到
好多Xmas Hamper外……
2025
咁多公司
送月曆，但
冇一個啱
我心水……
點搞?!
文地

聖誕新年嘅禮，
有時我真係覺得係一種浪費～～

當架車無啦啦Dup-Dup……
嘩!
吓!!
嘩!!!
Sorry...
Sor....
Sorry!

我，真係試過，架巴士一個掟彎，
我成個人坐咗落個男人度ㅠㅠ

你想係

理想係：
清晒xmas假前積落嘅手尾，好好展開全新一年!!
checked
現實係：
又來到deadline……
拖到下年先算啦……

原本好有決心，但回到公司見到堆嘢就唔想郁～

唔明

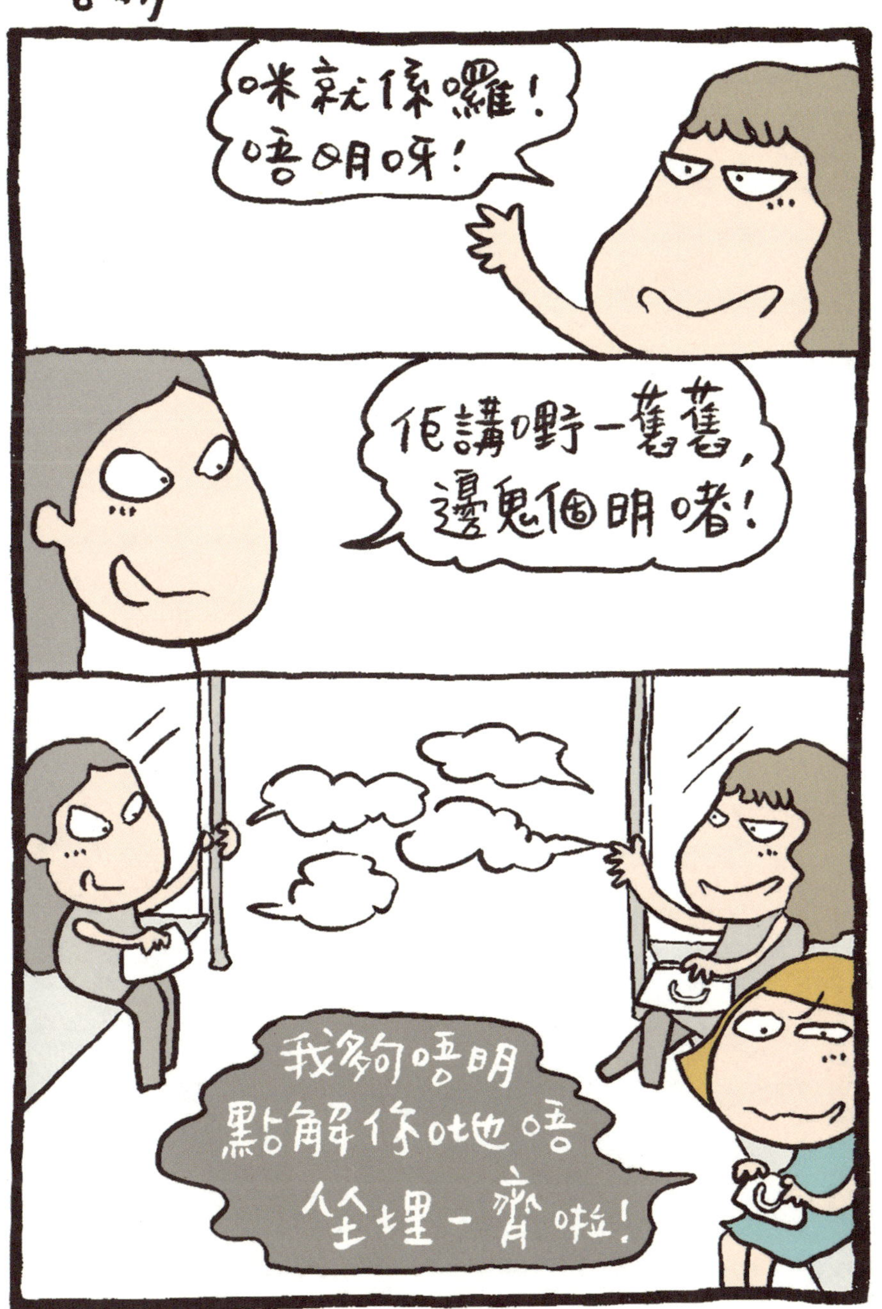

咪就係囉！唔明呀！
佢講嘢一舊舊，邊鬼個明啫！
我夠唔明點解你哋唔坐埋一齊啦！

好嘈呀你哋！

勁喎，今日可以準時收工喎！

見唔到我攞晒啲文件同電腦走咩？

X！係夠鐘返屋企OT咋！

睇下邊個頂唔住……

唔識喎，以前都未試過！
我未有時間搞喎～
等得你嚟我都做完！
係囉～
執好佢啦！
喂呀！
等陣搞！
我冇話唔執喎，晏啲搞之嘛～

咁咪只會做死你囉～

天生NICE樣

唔該晒
我幫你搞呢part啦!
我趕住出去，拍爛檔搞埋佢吖!
吓?
幫下手吖!
你咁好人，又快手…
我個樣生得nice 唔等於好恰㗎!!
你邊位?!

我個樣 nice 唔代表我唔會反抗～
仲有，你邊位呀？要我幫你手，同你好 friend 咩？

駛唔駛呀？
碟咖喱飯咁難食...
咁叻自己煮囉
嘩今日咁熱嘅！
更年期嘅女人係咁㗎喇！
頭先塞車？
香港地係咁啦
嘩～辛苦晒！移民囉～
癡線公司，咁多嘢做，做鬼死人！
辭職咪撈囉

做咩啫，呻兩句都唔得㗎？

能者

2022
呢位同事好有心思，交咗3個好精彩嘅proposal，我決定今年新年event由佢主理！
贏晒！
2023
大家請投票！
又係我？
2024
你咁勁…
…我哋年年都揀你！
好叻呀你！
冇人能及！
今年又係我？年年都…
你睇大家幾咁支持你！
加油！
你要贏吖嘛，畀你！

你咁能幹又咁積極，一班同事好支持你㗎！

硬食啦！

想問吓…
你自己搞住先啦，
唔得問呀！

搞乜呀你!!
錯鬼晒，唔識就
問啦，自把自為!!
頂

迫完你食屎，轉頭鬧你做乜有飯唔食走去食屎

利是咽嘢

佢結咗婚未㗎？
新年快樂！
開工大吉！
乜佢仲未結婚咩？平時又唔見你咁熱情！面皮真夠厚……
新年快樂！利是逗來！
貓同事，開工大吉！
恭喜發財！
多謝！
佢哋好fun結咗婚？！
公司咁多人，唔熟嘅鬼知佢結婚未？！
「下年到你喇！」我派畀佢都尷尬啦下話？！

個樣好似結咗婚喎，派定唔派呀？

大吉利是

呢位高層好有堅持，
年年封$10！
點解佢封
$500畀你㗎？
我哋$20咋！
擺烏龍？
你同佢
咩關係？
你Boss精神OK嘛？
吓？
coupon
EXP: DEC 2023
過期coupon，
不如咪畀?!
我有！
我有！
我有！
大、吉利是？

究竟收到吉嘅利是，應該點做？

奇妙的堅持

打去追個客啦！
whatsapp咗好多次，可能太忙冇覆！
打畀佢呀！
好fuA唔係咁好...
叮噹 叮噹
做乜唔開門呀？
reception出咗去，我驚放咗啲唔適合嘅人入嚟...
聽日Boss同我哋Team飲茶，Booking confirm咗？
book咗，喺app
打去confirm一次
好fuA咁住人做生意...
你去叫肥仔同事過嚟傾少少嘢！
我whatsapp佢....
喺conference room咋佢！
已經msg咗佢...再等下
......

佢嘅堅持就係要間接，唔想直接面對

佢會開咁耐有原因
同呢個品牌合作有3大好處，一，……二，……三，……
頭先咪講咗囉～
30 mins later
xxx meeting
究竟同呢個Brand合作，有咩好處？一，……
又講…
Z Z Z
30 mins later
其實同呢個品牌合作有3大好處…
咦，咦邊個，講嚟聽下？
老師突擊測驗咁……差啲出走廊罰企！
成個會得嗰兩個points，一個point重覆講10次，怪唔知要開5個鐘會啦！

同失憶老闆開會最浪費時間

戰友之物以類聚

在職場上能遇上合拍嘅戰友，是 bonus。
同事間不要強求成為朋友，最後能成為朋友的話，
就是大大的 bonus ！

旅忙之旅
放假前
仲未走?
聽日飛,要趕埋啲嘢!
放假後
啱啱返嚟就咁搏?
飛幾日積落
一大堆shit!
你就好啦!
休息咗5日!
唉~
食嘢先啦!
Boss追魂call,
做埋呢part先!

打工仔放個假去旅行咩?
旅行前忙,旅行時忙,旅行後忙,完

關你事咩

睇咩嘢？
睇咩嘢？
講乜咁秘
密呀？
做咩呀
八咩呀？
講咩呀？
講你呀！
DISMISS!

你邊位？咩都要同你 share 㗎咩？

突破人牆

一字排開你一句我一句幾咁開心，
我喺後面就連龍門都見唔到

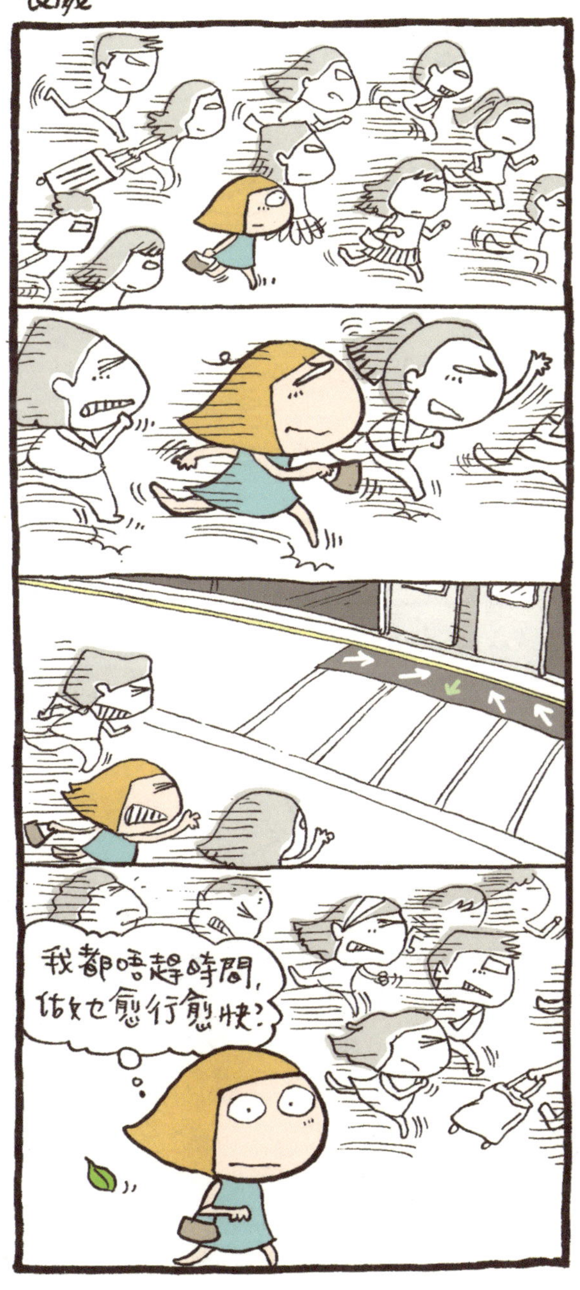
喪威
我都唔趕時間，
做乜愈行愈快？

旁邊啲人由快步變為9衝，
自己都會無意識咁愈行愈快

天才
邊個天才入紙㗎?!!
邊個隊樽水入去
又唔搣開口張膠又唔插喉?
CC畀錯咗以前個客,
所有內容寫喺subject度,
真天才!
邊個天才叫大家諗計
唔去今晚Boss飯局?
成個Group Boss都
喺度………
………
Boss…已…
read……

真天才，唔係假嘅！

心急人上

咁耐㗎!?
咁樣架車係唔會快啲到!
搞乜呀?
撳身家咩
咁耐㗎～
咁樣道門唔會閂快啲㗎…
咁樣架𨋢唔會快啲到㗎…

成日遇到啲狂撳𨋢掣、差啲拆埋個掣嘅人

落雨二三事

小姐，你把遮呀！
落雨係咁架啦～
喂呀！
我把遮呢？？
呢把幾靚！
唔…唔該
發緊夢？

最憎最憎最憎啲人 fing 把遮再彈開，
啲水彈晒去人哋度，佢若無其事

咪傻，校咁多鬧鐘反而唔醒

不能辭職的理由

我要畀家用要養家

我要供數，
邊有得揀

我要瘋狂旅行
balance 返身心

我唔食，我啲貓
都要食

唔想返工小組

今日出糧喇！
錢呀~~
Fighting!!

念力念力~
聽唔到~
聽唔到~

頂住！
頂住！

忍

頂住，作都要作個理由等自己撐落去！

我要走……

點呀點呀點呀，搞掂未嗜？
朝早咪畀咗你囉囉囉！
under個白咭佬
???
唔係我跟開喎～
日日執手尾
食住等，我仲要搞埋啲手尾
日日OT，返屋企OT
暫時升上去，人工……暫時將就下？
變相減人工？你講笑咋？
轉頭佢又諗到堆不能辭職嘅理由㗎喇！
我要辭職！

通常成日講辭職嘅，到公司執笠都仲喺度～

畀我唞下啦！
你唔係公司成個星期，
開個會傾返啲嘢！
我Day Day收到whatsapp，清楚過你啦！
去咗韓國喎！
又唔send啲靚相去大group畀我哋睇下～
天氣好好喎，你就正啦，掃好多掃？
……
又唔買啲好嘢返嚟益下大家
浪費時間！
成個會都冇結論！
有呀，結論係：
你去旅行，但冇買嘢畀我！
心累！

我去旅行，唔係為你去旅行呀！

當Boss太得閒

一個二個都Hide咗我呀下！
完全睇唔到佢個story…
開個ig嚟睇下！
Boss唔好為難佢我啦～
嘅story
嘅reels
我冇add佢哋…
講大話！
點解Boss知我去完韓國？
佢知我尋晚食壽司喎？
佢知我追星喎！
二五仔！

人哋擺明唔畀你睇，你咁執著做咩啫？

靠估

老闆 我聽唔清楚呀！
Boss講乜？
條街咁嘈就咪錄音啦！
你同我想去屙屎端商業中心親手交份建議書俾黃總咁先有誠意明白嘛
3:00pm
上去柯士甸？
再嚟個語音輸入，又唔睇一睇就send！
盛意拳拳喎
嗰位04汪總呀！

靠估錄音聽死人，語音輸入又睇死人～

感嘆號感嘆號

點會咁㗎問號 仲講咁多逗號
快啲搵返出嚟句號
笑到喊emoji
喊emoji
我都唔知點好
屎emoji
感嘆號 感嘆號
感嘆號
感嘆號
喂，咁早到哏先
問號問號
?

每次聽到人哋大大聲講啲標點符號，會忍唔住笑～

語音輸入成癮

…….
請喺咇一聲之後留言
咇！
今晚改咗地點呀 逗號
轉頭我send條link畀你 逗號
今晚見啦
感嘆號
唔係喎，留言喎……
你係咪搞事呀…個留言！
慣咗語音輸入咁頂你感嘆號

諧星

個病叫返工令人病

Boss，我想請半日sick leave！
咁星期五晚嘅開心食飯局cancel嘛？
唔駛！
因為星期六放假，星期五或之前一定會病好！I'm sure！

唔駛返工又有得玩，病咩呀病，趕住好返！

點搵啫!!!
recording audio...
問你幾個問題
你回返幾廿個
錄音!!!!!
我而家去
食個lunch!
咁都錄
一個!
想搵返A問題個
答案.....呀
唔係呢段!
喺邊呀?
好L亂呀!
點呀, BOSS覆咗你未?
十萬火急!
自己聽!
咁L多段邊段
係?
自己慢
慢搵!

呢個時候，我寧願你語音輸入，
至少我一睇就搵得到啲嘢！

有幾早呀?

咁快有電㗎?!
一早叫你換電話啦!
着到腳痛~
一早講咗,呢個牌子唔好着啦!
再細啲吖,啲字!
一早叫你配返副老花鏡啦~
死,個keyboard!
一早講咗唔好將啲嘢飲咁樣樣放喺枱啦!

一早講咗你呢種人最鍾意幸災樂禍㗎啦!

狠Leave

唔係呀!
嘩!
LAST DAY 梗係準時閂啦!
佢喺踏出公司門口前已經Leave咗group!
係全部嘅公司group!好有效率!
睇嚟佢好憎呢間公司!
憎唔憎都Leave咗delete咗啦!佢BOSS有一億個錄音喺裡面呀,仲有一億張圖呀影片呀咁。嘥晒電話啲位!!!

打一分工卻有幾廿個唔同組合嘅公司 group,
終於甩難梗係即時 leave group 啦!

留定走?

新同事煩緊乜呀?

舊公司啲Group嚟囉,又唔踢我走,日日都睇到哂啲對話!

應該Leave group㗎…

但又想八卦吓…

主動leave啦,多一事不如少一事,知太多是非冇益!

等佢哋踢嚟囉,可能八到啲Juicy嘢,娛樂下啫!

點好呢?

Leave!

留!

咩又leave又留?

啊,新同事話今日留低OT喎!

想瀟灑 bye bye,定留低八卦一陣?

講吓嘢!

個樣咁勁呀?
尋晚喺屋企OT嘢…
OT睇奧運咋?
噓!真嘢唔好攞出嚟講!

「Boss 你係咪試探我呀，尋晚咁多勁賽事，你冇睇咩？」
唔通咁答咩

夏日之苦

隔離啲汗黐咗落我隻手 …… 即刻打冷震！

八婆何其多

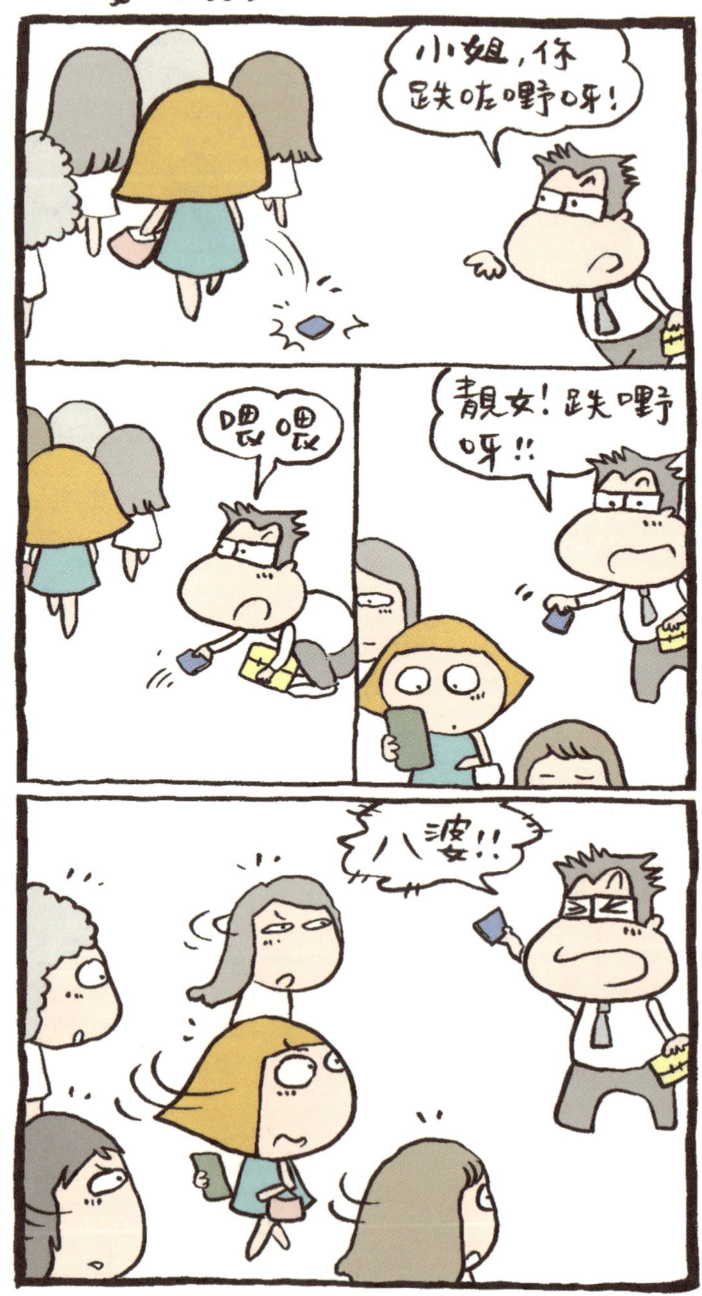
小姐，你
跌咗嘢呀！
喂喂
靚女！跌嘢
呀!!
八婆!!

叫靚女邊個敢應你啫～

唔做能者！

咁大堆嘢咁快搞掂，勁力呀！
Yeah. 今晚可以去飯局！
咁唔爭在搞埋呢堆先收工，你咁快手！
本來準時，而家要遲，食住等！
做咁快做乜～
咁多年都學唔精！

工作愈早完成就愈遲收工。
能者自然多勞嘛！

老闆你玩嘢

SUNDAY
…咁搞，等陣三點要開個緊急會議！

2:50 pm
好彩冇遲
Hi Everyone.
呢條link，而家可以入嚟喇！
Conference Room
不如3點先講？

老闆：吓？今時今日梗係 online meeting 啦？
眾人：老闆你講得咁清楚，係我哋 get 錯！

改個好名

Sorry 呀 sorry，份嘢遲咗少少！
OK OK！
你搞掂就喺上面 mark 返 sorry
搞乜係咁 sorry？
咪係，邊有人個名叫 sorry 㗎！

Sorry 呀 Sorry，打擾晒你呀真係 Sorry 呀 Sorry ！

慘過撞名

我都好鍾意呢條裙！

靚喎！

著咁靚去邊？

新裙喎！

我唔鍾意呢條裙喇！

著得好靚喎！

身材好著咩都好睇！

咁靚得唔得㗎？

撞衫已嘢，人哋著得靚過自己仲嘢！哈！

樣樣免費好冇

乜搞喉壇嘢咁貴？
物價通漲…
啲printing咁貴？
格晒價，最平喇！
乜啲交通咁貴
你好耐冇搭公共交通工具？
送個咁貴嘅果籃俾客？
下次你自己種啲生果！
乜都話貴！
佢最廢，人工就最貴！
好句

你同個世界隔絕咗幾耐？

豪邁

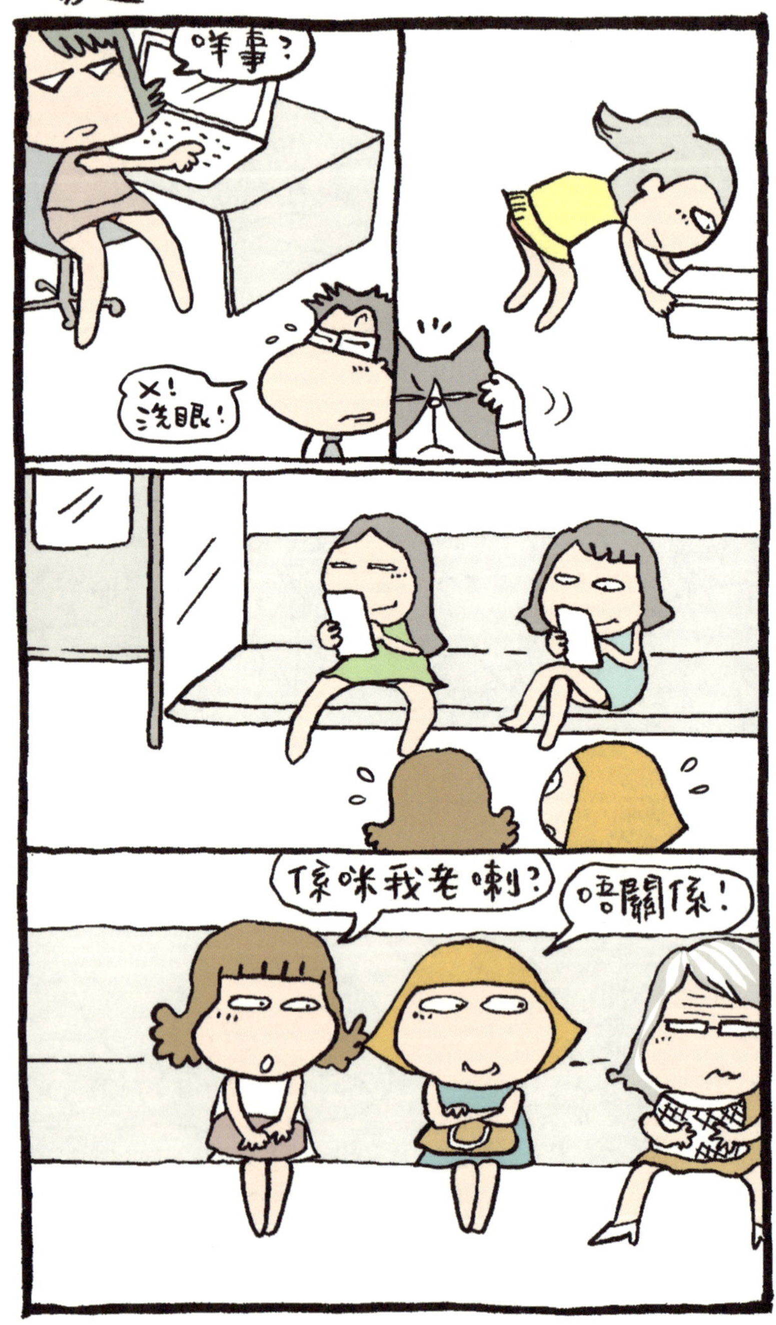
咩事？
×！
洗眼！
係咪我老喇？
唔關係！

「唔介意人哋嘅目光」，你識咩～

愈咬愈起勁

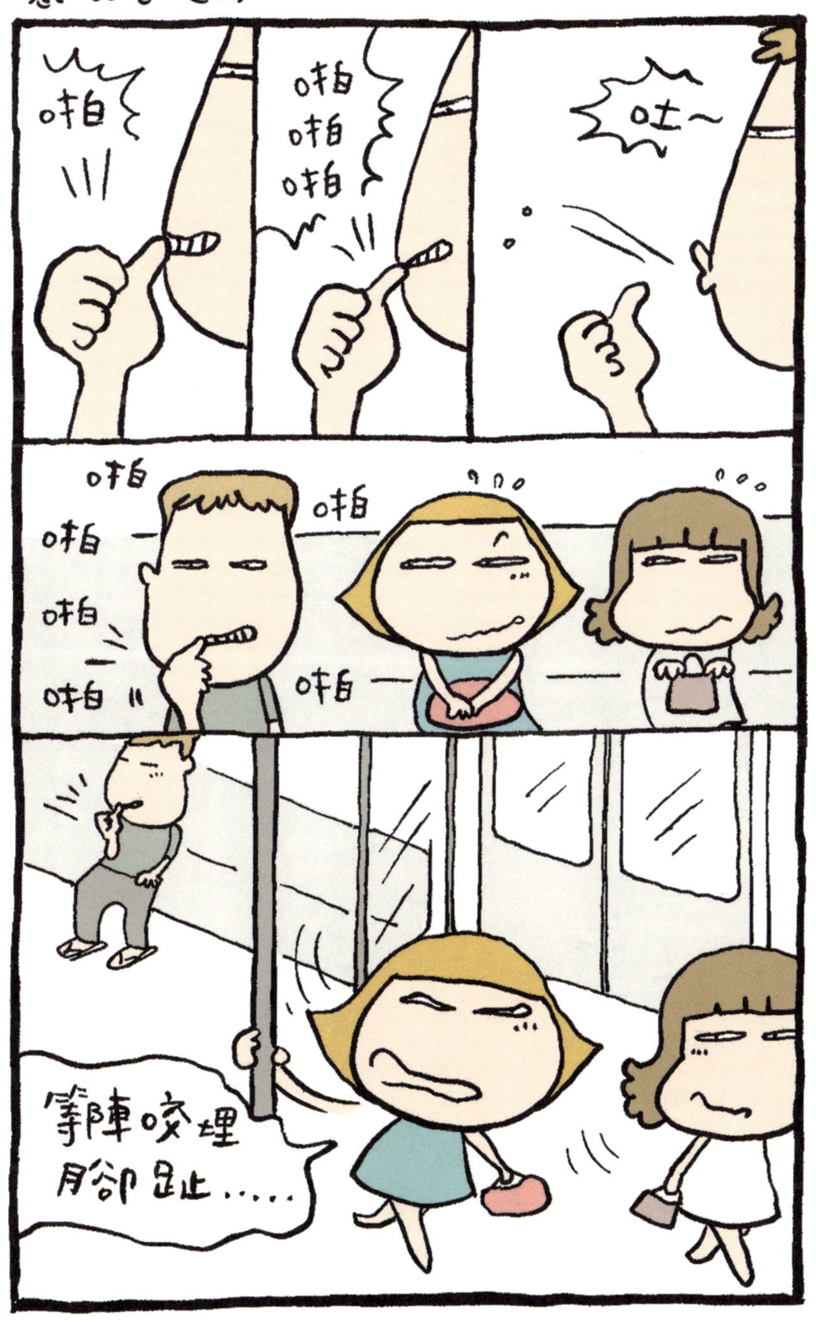

啪
啪
啪
啪
吐～
啪
啪
啪
啪
啪
啪
等陣咬埋腳趾……

一聽到啲「啪啪」聲，立即遠離呢個車廂啦！

隊咁近做乜

嘩！
呢個？
定呢個？
呀～
邊個好呢？
hmm...
why not both?
佢買咩咁開心？
其實我也都睇唔到……老花！

老嘢，配返個漸進鏡啦！

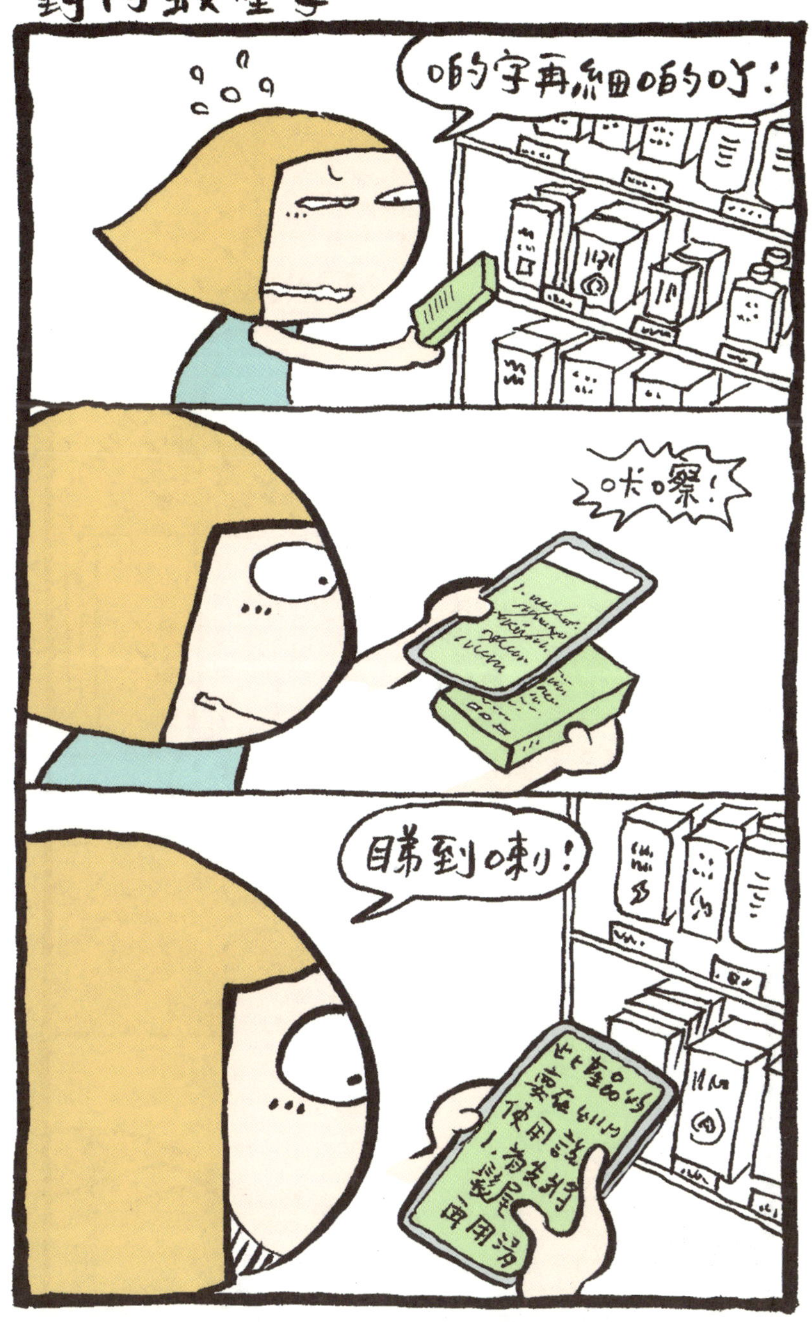
對付蟻型字
啲字再細啲吖！
咔嚓！
睇到喇！

啲字愈嚟愈細 VS 年紀愈嚟愈大

堅毅的信念

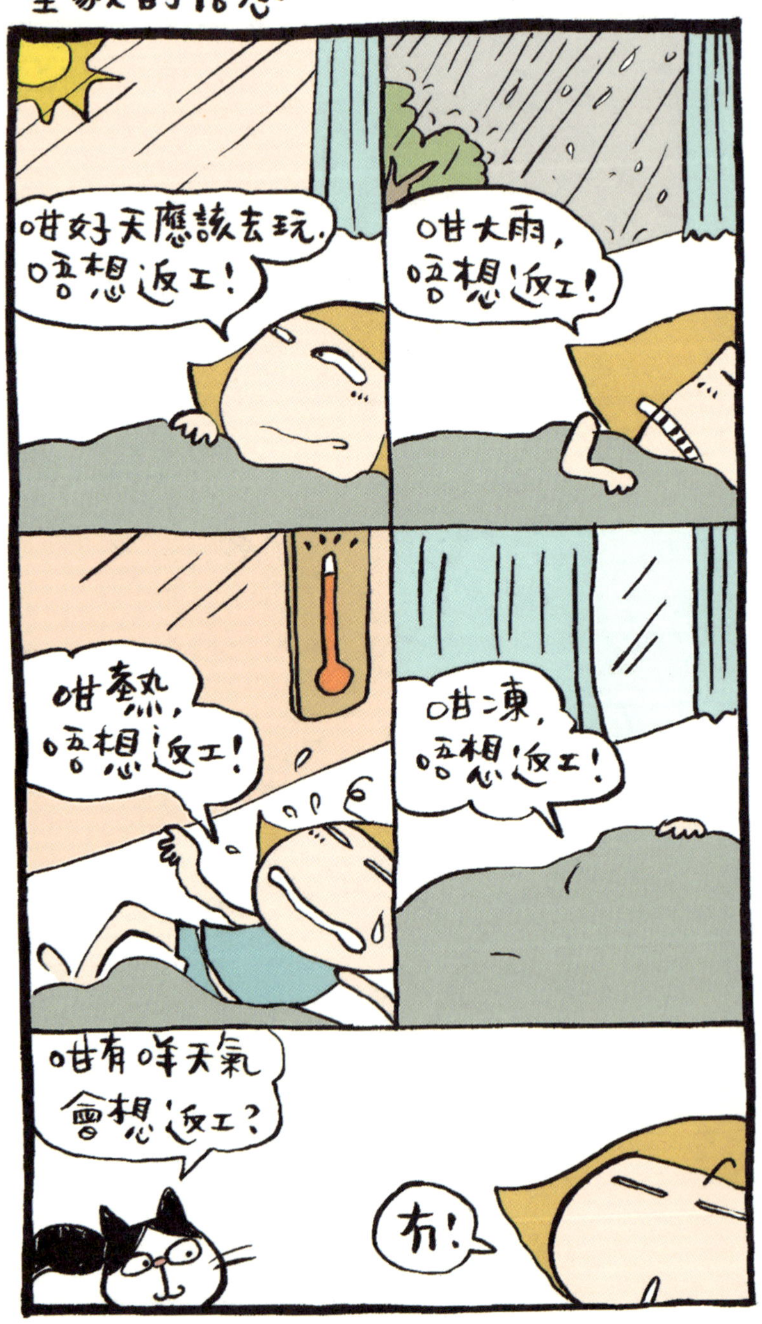
咁好天應該去玩，
唔想返工！
咁大雨，
唔想返工！
咁熱，
唔想返工！
咁凍，
唔想返工！
咁有咩天氣
會想返工？
冇！

此信念不會被動搖！

Artist

寫乜?

Art?

係咪咁先可以將啲字現形

我以前書法比賽冠軍㗎!
Sorry哥, 真係Sorry!
以後將你啲藝術作品轉返做
世俗嘅電腦版文字, 唔該!

藝術家，放下身段吧！

對人唔對事

佢哋著
情侶裝！

唔通……

Lunch
Time

飯都未食就shopping？

我唔想同佢
情侶裝呀!!

又撞咗喇！

唔緊要嘅！

唔係襯唔襯嘅問題，係襯邊個人先係重點！

重組句子

段字太長，要trim…
加少少相冇咁悶！
你覺得呢？
我認為減啲字好啲，
多返啲位放少少圖吖！
張poster可以鮮色啲！
我就覺得poster唔起眼，要sharp啲！
拍啲短片promote下！
其實喺social media拍下reels呀嗰啲宣傳吓啦！
你要rephrase幾多次？
係咯，咁啱我哋諗嘅都差唔多！

Rephrase 一次就當自己嘅 point，幾方便！

係你唔啱

呢兩晚碌
嚟碌去都
瞓唔著！
呢兩日
冇OT，唔
夠攰呀！
瞓唔著係你錯，因為冇OT
BOSS！
搭正6點走？
係咪太少
嘢做呀？
準時走係你錯，因為唔夠忙
又OT，做嘢
快手啲啦！
開OT係你錯，因為做得慢

咩狀況都係你唔啱、你錯！

聖誕廢物

今年Xmas Party環保啲，交換廢物！有時你覺得係廢物，對其他人可能係禮物呢！
諗到呢個idea真係天才！
擺佢出去抽最適合不過！
呢種廢物直接去堆填區好了！

其實，大多數交換禮物嘅 item 都係廢物～

老闆大掃除

幫我包咗佢，
聖誕party
抽獎嘅先！
演唱會應援、
有臭丸味嘅頸巾、
過期咖啡都
夠膽死攞出嚟
抽獎…
Hand
cream
禮盒裝…
幾年前㗎？
Coffee

老闆清理家居時，搵到好多嘢益大家

loop 夠未

我個a/c突然被封鎖，log-in唔到，點做？
請在網頁按customer service尋求協助
service
PLEASE LOGIN
佢要我log-in喎！
必須log-in才可以使用customer service
再log-in都係話我被封鎖，入唔到！
被封鎖，你要到網頁按customer service尋求協助！
xyz…

Customer service 唔 serve 你

聖誕快樂

今年Party想大家多啲參與，決定每人預備一樣食物……
連到會都慳返…
啲嘢熟口熟面
全部係公司樓下啲外賣!!!

各位同事，食得開心啲，聖誕快樂啊！

新希望

新一年，要嚟個突破，今次要堅決咁....
我一直都有所準備...
呢封黃黚黚嘅辭職信放咗喺度有冇十年？

每年總有啲時間好想好想走嘅～～諗下啫！

4

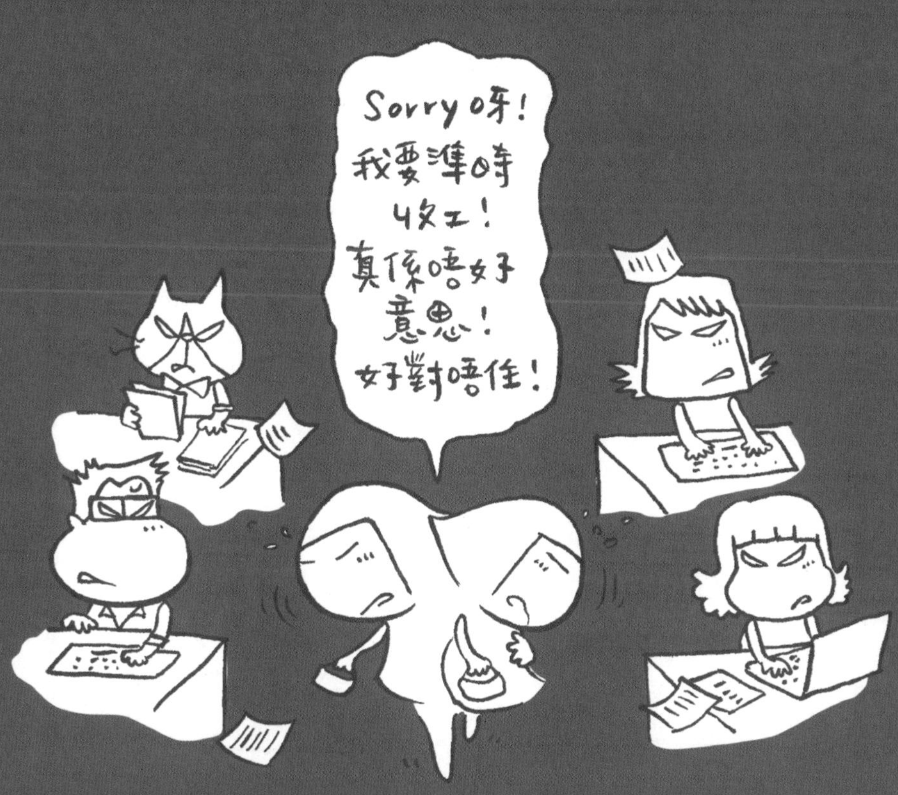
Sorry呀！我要準時收工！真係唔好意思！好對唔住！

X！放個工啫，有罪咩？

超強肌肉記憶

冬菇頭，應承個「承」字倉頡點拆？
hmm……
唔好問我點拆，
走埋keyboard度自然極速拆到！
弓、弓、手、人

倉頡人拆碼，對手一定快過個腦

歲月
大掃除
辭職信都咁多…
一日未遞交，一日都只係廢紙！
張相…2015年！
我又睇！
青春呀！
咁就十年喇！
原來BOSS曾經係圓形㗎！

大掃除，掃出舊日回憶，
熟悉又陌生的臉，陪伴自己渡過不少歲月！

避年高手

今年公司好好…
初七先開工!!!
我初七至十五會請假
請大家注意!!
新年快樂呀各位!
十五後先返!
利是都慳返……

叫我哋注意啲咩？注意你返來就唔駛派利是？

肉眼無法判斷

佢呢把年紀……結咗吧！
唔駛咁好口，我，未，結，婚，㗎！
就好似我曾以為佢有咗，原來只係肚腩！
單身，免問

就同讓座一樣，唔係個肚大啲啲就係有咗㗎！

要人

老闆，有人
送花俾你，
請簽收！
HEHE
HEHE
咁多人㗎？
一早出晒去做嘢
老闆，提提你，今日
六點半清潔公司嚟
洗地毯呀！

老闆要人嚟欣賞呀！你哋班人冇人性㗎！

人面唔識別

UNKNOWN
喂呀，
個嘢又
壞咗呀!!
!!!!!!
叫咗你咪整咁多啦!
我信
係壞咗
!!!
點會整
極都仲
係咁樣樣
……

你咁嘅樣都叫整咗容？咁可以肯定係個嘢壞咗啦！

唔係定係呀?

CATFLIX套醫療劇好正!

唔係呀～呢套近排top10之內，好正!

我呢排煲劇煲到好夜!

唔係呀～係咁㗎，一追停唔到

而家啲劇得8集或12集幾爽，唔拖!

唔係呀～係呀，短短地幾好!

咩「唔係呀」嚟?

有啲人答你嘢開頭總要講句「唔係呀」，
但明明佢嘅答案係「係」㗎喎！

咁難明咩？
咁！
你哋明唔明我講乜？
咁啦！你哋明唔明我講乜？
咁樣！你哋明唔明？明明我講緊乜？
煩死！當人白痴咁，句句問明唔明！
BOSS
嗱，真係有白痴㗎吓！

句句問「明唔明我講乜？」你當我哋白痴？
定，真係有好多白痴？

扮聾
XX，呢度要改一改呀！
Hello～喂～
喂喂！
嚇㨃死我咩！！！
出聲嘛，拍咩膊頭呀
返工塞咩耳嗜！

仲話我嚇親你？叫咗你一千次你都冇反應呀大佬！

你係……？

喂冬菇頭！
喂……
死！佢叫…？
咩名，咩名？
搞乜嚟㗎頭？我㗎……
你近況好嘛？
都係咁啦～
Kat？Amelia？
下次約埋mia佢哋出嚟飲咖啡呀！
好呀！
究竟佢叫咩名？mia？邊個mia？

個腦 load 極都 load 唔到佢個名，
諗咗半日都諗唔起，好辛苦啊！

I人來吧

好彩睇我唔到……都唔知同佢講乜好！
唔好望人 唔好望人 唔想打招呼!!
其實，又有邊個會望你吖

唔好有眼神接觸，唔想打招呼，連寒暄嘅力都冇～

聽到一舊雲
等佢問下我老BEST先，佢熟呢類嘢！
老BEST係邊間公司
冇乜人試過xyz咁宣傳，已經贏咗99%香港人啦?!
即係？
我嘅能力要用多兩日時間，份嘢聽日交，望周知。
下？
乜周話？唉，我頭好痛！
大家咁話

你同佢講唔明？佢會叫你科普一下！
BTW,「老 best」呢個 term 真係好難頂！

唔駛講啦

嗱，A個part
我知！
中間張圖太....
我知！
Last個段....
知啦！
....
唔繼續？
你咩都知，
等你發表。

最憎人話「我知」斬斷人講嘢，咁冇嘢好講啦，先知先生！

點解冇得準時閃?
(大)為窮呀!
學咩人講work life balance呀!
work life 把撚就有!

12
1
2
3
4
5
6
7
8
9
10
11

收工

書名｜準時收工都有罪
作者｜文地貓

責任編輯｜肥佬
校對｜Walter@ 童創文化
Jeremy@ 童創文化
出版｜格子有限公司
香港荔枝角青山道 505 號通源工業大廈 7 樓 B 室
Quire Limited
Unit B, 7/F, Tong Yuen Factory Building, No.505 Castle Peak Road,
Lai Chi Kok, Kowloon, Hong Kong
印刷｜嘉昱有限公司
香港九龍新蒲崗大有街 26-28 號天虹大廈七樓
版次｜2025 年 7 月香港第一版第一次印刷
國際書號｜ISBN 978-988-70532-8-6